전해윤 시집

세렝게티의 자비

시선 194

세렝게티의 자비

인쇄 · 2024년 8월 7일 | 발행 · 2024년 8월 14일

지은이 · 전해윤
펴낸이 · 한봉숙
펴낸곳 · 푸른사상사

주간 · 맹문재 | 편집 · 지순이, 김수란, 노현정 | 마케팅 · 한정규
등록 · 1999년 7월 8일 제2-2876호
주소 · 경기도 파주시 회동길 337-16(서패동 470-6) 푸른사상사
대표전화 · 031) 955-9111(2) | 팩시밀리 · 031) 955-9114
이메일 · prun21c@hanmail.net
홈페이지 · http://www.prun21c.com

ISBN 979-11-308-2167-2   03810
값 12,000원

본 도서는 충남문화관광재단의 후원으로 발간되었습니다

푸른사상
시선

194

세렝게티의 자비

전해윤 시집

나의 하루가 헐렁해질 만큼 많은 세월이 흘렀다
그 오랜 세월 동안
나는 늘 반듯하게 살아가는 줄 알았다
사람이 온전한 존재인 줄 알았다

많은 오해 속에 살아온 지난날들의 의미를 모르겠다
앞으로 살아가야 할 절실한 이유도 모르겠다

그래도 사랑하며 살아가야 한다는 것은 안다
나 아닌 사람들, 사람 아닌 것들을
더 많이 사랑하고자 애쓰며 살아가려 한다
그 어려운 길을 가는데 '시'와 함께하려 한다

2024년 여름
전해윤

| 차례 |

■ 시인의 말

제1부

제2부

제3부

제4부

제1부

세렝게티의 초원 한가운데 새끼 잃은 어미 하마의 시선이 향하는 지평선 너머 세렝게티에

조감을 주위에는 뭇 생명들이 넘실대는 세렝게티다. 날마다 숱한 죽음이 처리하게 변주(變奏)된다. 이날 우리는 태양은, 끝없이
.울은 오늘에 대한 뜨거운 위로. 처연한 달빛은 내일을 향한 연민. 모든 생을 위로하는 세렝게티에서 죽음은 차라리 자비, 뭇

실없는 기도

아침이슬 반짝이는 들녘에서
팔베개하고 맑은 노래 부르는
풀벌레로 살아가게 하소서

바람 소리 싱그런 산기슭에서
한여름 망중한을 즐길 줄 아는
산짐승으로 살아가게 하소서

고운 노을 타고 넘으며
지나온 길 돌아보지 않고
먼 길 허허로이 떠나가는 철새로 살아가게 하소서

그렇게 살다가 가끔은
그들의 하루도 고단함을 알게 하소서
내가 지나온 길 돌아보게 하소서

이 모든 기도가, 사실은
부질없음을 깨닫게 하소서

소금

소금은 바다의 사리

제 몸을 수만 번 궁글려 빚어낸 성체(聖體)
버리고 버려 더 버릴 수 없는 정수
제 생을 바닷물에 거르고 걸러 마지막에 건져 올린 자존

햇살에 승화된 눈물
끝내 살아남은 하얀 영혼

온 세상에 바치는 헌사, 모든 생은 짜디짜다는

무신론

어느 여름날 오후
마을 뒷동산에 있는 오솔길을 따라 걷는데
어느 아주머니가 침을 튀기며 말했다
"이 세상에 하느님은 없어.
있다면 어떻게 사람을 괴롭히는 모기 같은 걸 만들 수가
있어?"

그날 밤늦은 시간 뒤척이는 내 머리맡에서
모깃소리 같은 게 들렸다
"맞아, 이 세상에 하느님은 안 계실 거야.
만약 계신다면 어떻게 인간들이 무사할 수 있겠어?"

구도의 길

선재길*을 걷다가
영혼의 세례를 받았다, 한겨울 얼음물 샤워 같은
―모든 생은 찰나

높고 깊은 천년 고찰
경전의 말씀만큼이나 기나긴 구도의 길에
'모든 생은 찰나'의 깨달음,
구도의 첫걸음
득도의 지름길

그 '찰나'를 살아가는 우리
그 말씀 깨치는 날
겸손과 감사가 싹트리라

그 '찰나'의 찰나까지 사랑해야 하는 우리
그 깨달음으로 살아가는 날
사랑과 자비가 넘치리라

비 개인 오후

사찰 담장 위의 다람쥐

두 발을 가지런히 모은 채, 멀리

흘러가는 구름을 바라본다

* 선재길 : 오대산에 있는 등산로 중 하나. 월정사에서 상원사에 이르는
  길.

말씀의 부활

교회 안에서 하느님의 말씀은
양어장의 물고기들 같다
살진 잉어처럼 팔딱인다

그 말씀이 교회의 담장을 넘어
도회의 화려한 길목에 서면
시나브로 야위어간다
바람에 쓸려가는 낙엽이 된다

그렇게 구르고 구르다 그 말씀이
가로등도 네온사인도 없는
쪽방촌, 달동네, 난민촌 골목에 들어서면, 부디
어둠 속 빙어처럼 다시 반짝이기를

그저 피둥피둥한 말씀이 아닌
속절없이 흔들리는 말씀이 아닌
비바람 맞으며 단련된 말씀이 되기를
생명의 말씀으로 부활하기를

소박한 사랑

그대 마음 외진 곳에
조그만 원두막 하나 짓고 싶은 거지

따뜻한 봄날
원두막 앞 토방에서 그대와
소꿉장난이라도 하고 싶은 거지

봄 여름 지나면서
기름진 밭에서 자란 탐스런 그대 마음
한 조각 갖고 싶을 뿐이지

그렇게 세월이 흘러
내 마음마저 붉게 익으면
한 자락 떼내어 그대에게 주고 싶은 거지

밤이 깊어 모두가 잠들어도, 우리는
외롭지도 두렵지도 않을 거야

순정(純情)의 방패

새끼를 품은 어미의 가슴은 언제나
순정의 방패
이 세상의 그 무엇도 그 방패 뚫을 수 없지

고산준령을 넘어온 장군도
대해를 호령하던 제독도
최첨단 무기도 그것을 뚫을 수 없어

실핏줄 투명한 제 새끼를 향해 날아드는
온갖 화살을 다 받아 안는 방패,
사람들은 그것을 맹목이라 부르지
도를 넘는다고도 하지

어미 아닌 자 그 누구도
그 뜨거움을 느낄 수 없지
그 절실함을 알아챌 수 없지
사람의 것이 아닌 그 순정을

이 세상의 새끼들은 본래

어미의 순정으로 살아가지
순정의 방패로 연명하지

아름다운 혁명

힘없는 것들이 함께 일어서는 것이 혁명이지요

봄날 꽃들이 산야를 점령하네요
온 세상을 단숨에 환히 밝히네요
빛으로 일어서는 혁명입니다

초여름 신록이 쳐들어오네요
검은 대지가 졸지에 푸르러집니다
온몸으로 일으키는 혁명이지요

꽃과 신록, 혁명을 완성한 후에는
그 곱고 푸른 자태도 버리고
스스로 낮은 곳으로 임하는
진정한 혁명꾼입니다

혁명의 기간은 짧을수록 좋고
혁명의 기운은 오래가야 하지만
모든 혁명은 늘 미완이지요

꽃과 신록이 해마다 찾아오는 이유랍니다

때를 알아서 피어나고
주저 없이 떨쳐 일어서서 세상을 살리는
꽃과 신록의 봉기, 아름다운 혁명

침묵의 이유

우주의 시원(始原)에 대하여
삶의 의미에 대하여
사랑과 미움에 대하여
죽음에 대하여, 궁금한 게 참 많지만
차마 말을 할 수가 없다네

시장 골목에서
시원한 카페에서
국회의사당에서
교회에서
그럴듯한 얘기, 화려한 얘기, 고상한 얘기들 참 많이 하
는데
나는 끼어들 수가 없다네

참과 거짓
실체와 허상
사랑과 연민……
뭐가 뭔지 알아야 참견을 하지

근본을 알아야 대꾸를 하지

그러고도 마냥
태평한 우리
당당한 우리
요란한 우리, 어이없지
민망하여 당최 입을 뗄 수가 없지

보이지 않는 벽

담쟁이는 더듬더듬 콘크리트 벽을 기어오르고
새들은 먹새를 바꿔 산뜻하게 숲을 넘고
해바라기는 몸피를 줄여서 담장 너머를 보고
구름은 꿈을 부풀려 산마루를 가뿐히 넘어서는데

우리는 무슨 수로 이 벽을 넘어설 수 있을까
높이를 모르는 벽
보이지 않는 벽
흔들리지 않는 벽, '인간'

철학자의 외로운 사색도
화가의 끊이지 않는 붓질도
무용수의 불같은 몸짓도
사제와 수도자의 간절한 기도도
시인의 절절한 외침도
그 벽에 틈을 낼 수가 없다네

오직 사람이라서 마주치는

사람이라서 넘어설 수 없는 벽

내 생이 통곡을 해도
온 세상이 혼절을 해도
우뚝한 벽, '인간'

세렝게티*의 자비

세렝게티의 초원 한가운데
새끼 잃은 어미 하마의 시선이 지평선 너머에 머문다
그의 한숨은 분명 제 생보다도 길 것이다

생사가 출렁이는 세렝게티에서
사자의 이빨은 축복
기린의 목은 은총
가젤의 다리는 경이
약자의 비굴도 용기, 위태로운 삶을 지탱해주는

살아 있는 것들 위로 솔개처럼 죽음이 덮치고
붉은 주검들 주위에는 뭇 생명들이 넘실대는 세렝게티,
날마다
삶과 죽음이 화려하게 변주(變奏)된다

이글거리는 태양은 글썽이는 눈망울
저녁노을은 오늘에 대한 뜨거운 위로

처연한 달빛은 내일을 향한 연민, 모든 생을 위로하는

세렝게티에서 죽음은 차라리 자비,

뭇 생명들을 살리는

또 다른 삶으로 이어지는

* 세렝게티 : 탄자니아에 있는 세렝게티 국립공원(Serengeti National Park)

콘크리트 그늘

내 고향 마을 동구 나무의 그늘은
늘 푸른 바다였어요
목마른 날들의 위로였어요
고향을 떠난 후로는 그리움이 되었어요

고향 떠난 지 한참
아스팔트길 지나 도회의 골목에 들어서면
콘크리트의 그늘이 흩어져 있어요
바람이 불어도 흔들리지 않아요

콘크리트 그늘도 깊어지면
도회인들의 가슴에 닿을 수 있겠지요
가끔은 스스로 흔들려
시원한 바람을 일으킬 수 있겠지요

콘크리트 그늘도 언젠가는
벌새의 놀이터가 될 수 있겠지요
노랑나비의 쉼터가 될 수 있겠지요

할머니의 벤치가 될 수도 있겠지요

때가 되면, 고향을 떠난 이들에게
오아시스가 될 수 있을까요
선선한 그리움이 될 수 있을까요, 바다처럼 깊은

난청

앞서가는 이를 불러 세웠어요
어디서 왔느냐고
어디로 가느냐고 물었어요,
물고기처럼 입만 벙긋거렸어요

많이 배운 듯한 이를 붙잡고 물었어요
그대는 누구인가
인생은 무엇인가 하고,
귀신 씻나락 까먹는 소리만 했어요

하늘에 대고 소리쳤어요
도대체 세상은 어떤 곳이냐고,
회오리바람만 불어왔어요
천둥 번개만 내리쳤어요

이 세상 일찍 떠난 형제들에게 물었어요
그곳엔 누가 사느냐고
그곳은 살 만한 곳이냐고,

알 수 없는 메아리만 돌아왔어요

아무래도 제가 난청인가 봐요
중요한 말들만 알아듣지 못하는
영영 치유될 수 없는

원초적 부끄러움

오늘
시설 좋은 요양병원에 입원해 있는 친구를 보고 왔어
이런저런 것들의 은혜로 질긴 목숨이 헐떡이고 있더군
무연히 돌아오는 길에 단풍잎이 사뿐히 떨어지는 것을 보
았지
돌아서서 요양병원 쪽을 한참이나 바라보았네

어쩌다 '동물의 세계'라는 프로그램을 볼 때가 있지
―하루 종일 먹이를 물어 나르는 어미 새
―제 목숨을 걸고 새끼를 지키는 고양이
―죽은 제 새끼의 곁을 떠나지 못하는 코끼리

채널을 바꿔 뉴스를 듣지
── 갓 태어난 제 아이를 내다 버렸다는 생모
── 유산 때문에 법정에 선 형제들
── 신자들을 성추행했다는 위인들
── 카메라 앞에 삐딱하게 선 위정자들

TV 밖의 우리도 그들과 참 많이 닮았지

부끄러워 고개 떨구며 돌아설 때
이명처럼 들려오는 소리
—그저 부끄러워하거라, 네가 인간인 것을

곱게 지는 단풍이 부러운 하루였지

이유 같지 않은

세상의 온갖 세례를 받고도
마음 한구석에 순수한 영혼이 살아 있다면
놀라운 일이지

이 세상 골목골목 다 들여다보고도
여전히 맑은 눈을 가지고 있다면
축하해야 할 일이지

한 생을 다 살아내고도
가슴에 따스한 온기가 남아 있다면
기적 같은 일이지

순수한 영혼, 맑은 눈, 따스한 가슴……
세상 살아가는 데 걸림돌이지
일찍 버릴수록 생이 가벼워지지, 떠나버린 첫사랑처럼

그래도 끌어안고 살다 보면 행여
시작보다 끝이 더 아름다울 수도 있지 않을까

그런 생도 있지 않을까 싶어

모든 것 틀어쥔 채 끙끙대고 있다네, 아직도

짝사랑

내 사랑은
그대 마음속 깊은 곳으로 나들이를 가는 거지
그대 마음속 구석구석 헤집고 다니는 거지

사태(沙汰) 진 그대 마음을 보듬기도 하고
황량한 들에 꽃도 심어보려 하지
소담한 둥지 하나 틀어볼까 하지

내 사랑이
그대 마음속 후미진 곳까지 다 여행하고 나면
놀던 곳 깔끔하게 정리하고, 아무도 모르게
살그머니 떠나오는 거지

떠나온 후
그 여행의 고단함마저 기쁨으로 번져오면
제대로 여행을 한 거지, 그대가 모른다 해도
마침내 사랑이 되는 거지, 짝사랑

세렝게티의 초원 한가운데 새끼 잃은 어미 하마의 시선이 지평선 너... 세렝게티에...

...의 한숨은 분명 해 뜨보다도 길 것이다 황사가 춤추이는 세... 황사가 춤추이는 세...

제2부

...나는 하늘이다 태양은 글썽이는...

...수유의 화려하게 피...

...모든 생을 위로하는 세렝게티에서 죽음은 자리리 자비, 빛...

...발과 생명들이 나선다는 세렝게티. 달이나 살거...

...오늘에 대한 믿기운 위로 치연한 단빛은 내일을 향한 인민. 모든 생을 위로하는...

유구무언

백발이 다 되고 나서야 알았어요, 내가 인간이라는 사실을.
설마 했는데…… 많이 슬펐어요, 그러나
더 이상 무슨 말을 하겠어요

어르신

어느 날 갑자기 내가
어르신이 되었어요

기준도 모르고
이유도 까마득히 모른 채

은행 창구에서
병원 원무과에서
지하철 안에서 불쑥불쑥

산신도 아니고
서낭신도 아니고
조왕신도 아니고, 어르신

누구 하나 알아주는 이 없어도
살뜰히 섬겨주는 이 없어도
스스로 신이 되어가는 우리
더불어 살아가야 하는 신, 어르신

근황

요즘 나의 하루는, 바람이 불어도
나부끼지 않는 깃발이다
돌지 않는 바람개비다

나의 하루도 가끔은
연록의 새순처럼 흔들리고 싶은데
갓 피어난 꽃잎처럼 떨고 싶은데
민들레 꽃씨처럼 흩어지고 싶은데

요즘 나의 하루는
바람도 없는 한여름 오후
빈 하늘 떠도는 솔개를 닮았다.

어쨌거나 당분간
나의 생에 대해
이 세상에 대해
모든 일들에 대해 의문을 갖지 않기로 했다

운명

남을 위로하기보다
위로받아야 할 사람

소크라테스도
아리스토텔레스도
공자도 맹자도 찾지 못한 길을
굳이 찾겠다는 사람

석가도
마호메트도
예수도 할 수 없었던 일을
혼자서 하겠다는 사람

남을 위로하려다
자신이 먼저 쓰러질 사람

죽는 날까지

뜻을 이루지 못할 사람

죽어서도 끝내
위로받지 못할 사람, 시인

파문(波紋)

늦가을 이른 아침 산책길
단풍나무 가지 사이에 거미줄 하나 걸려 있다
섬과 섬을 잇는 현수교

그 한가운데 거미 한 마리
외줄 타기 명인이 되어 재주를 부린다
제 삶의 무게로 그네를 탄다

그네를 타며 제 좌우를 살핀다
왼쪽으로 가려다 오른쪽을 바라본다
잠시 숨을 고른다
그러다 결국 왼쪽으로 달려간다

거미의 선택으로
숲과 산책로가 출렁이고
벌과 새들이 웅성거리고
내 발걸음도 휘청거린다

살아가는 동안 나의 선택도 어쩌다

누군가의 생을 뒤흔들 수 있을까

온 세상에 깊은 파문 일으킬 수 있을까

또 하나의 우상

시라도 쓰지 않으면 내 생의 풍경은
수십 길 갱도지
눈 감은 가랑잎이 반듯한 길 찾는 모양새지
부서진 콘크리트 기둥을 붙들고
주님, 주님 하면서 애원하는 꼴이지

그런 길 가다가 시를 만난 거야
정처 없는 길을 어깨동무하며 가고 있지
깊은 갱도에 촛불 하나 밝혀보려 하는 거지
이정표 하나 세워보려 하는 거지

없는 답을 찾으러 시와 길을 떠난 거지
잃어버린 내 그림자라도 찾아볼까 하고
이유도 모르는 이 슬픔 위로해볼까 하고
시와 서툰 춤을 추는 거지

시의 리듬에 맞추려 애쓰고 있지
나도 모르는 사이에 시를 섬기는 거지

부질없다는 것도 알지, 어쨌거나

그렇게라도 이 생을 견뎌보자는 거지

뒤늦은 깨달음

1. 어린 시절

내 어머니의 얼굴에 주름이 깊었어요
내 아버지의 허리가 굽었어요
내 누이의 손이 늘 젖어 있었어요
내 형제의 어깨가 고단해 보였어요

그래도 나는 행복하다 생각했어요

삶의 한복판에 선 뒤에야 알았어요
─아, 그런 게 아니었구나

2. 여행길

비행기 승무원이 친절했어요
지하철 안이 깔끔했어요
낯 모르는 아저씨가 길을 안내해줬어요
공원 벤치에서 먹은 햄버거가 참 맛있었어요

모든 게 당연하다 생각했어요

여행에서 돌아와서야 알았어요
－많은 분들이 수고하셨겠구나

3. 성당 생활

주말마다 어김없이 성당에 가요
성모님의 삶을 생각해봐요
십자가를 가만히 올려다보구요
하느님의 나라를 그려보기도 하지요

그저 버릇처럼 다니지요

그러다 문득 느낌이 올 때가 있어요
－아, 이것이 평화로구나

4. 고향

지금도 제 가슴에 출렁대는 풍경이지요
고향의 길목마다 가난이 앉아 있어요
내 유년이 훌쩍이고 있어요

하늘에는 눈물이 그렁그렁해요

돌아볼 때마다 원망만 싱싱했어요

세상의 낯선 거리 한참을 헤맨 뒤에야
고향의 하늘에서 보름달을 보았어요
－아, 원망도 때로는 그리움이 되는구나

5. 시 쓰기

시를 쓰는 것은 고역이지요
시작도 끝도 모르는 세상을 어찌 그려낼 수 있나요
의미도 모르는 인생을 어찌 노래할 수 있나요

시를 쓴다는 것은 절망스러운 일이지요

시와 함께하며 한참을 비틀대다가 깨달았어요
－ 아, 시를 쓰는 것이 그나마 위안이구나

불면증

잠이 오지 않는 밤
하얀 벽을 타고 내려오는 거미 한 마리,
귓가에 들려오는 탱크 소리

소란스러워, 잠은
거미줄을 따라 줄행랑을 치고

나는 깊은 어둠 위에
알록달록 추상화를 그리고
한두 편의 시를 쓰고
알 수 없는 곳으로 여행도 다니면서
시침과 분침에 거꾸로 매달려 그네를 타지요.

어느새
깊고 까만 밤은 신기루가 되고
나는 서둘러 아침을 밝히지요

어중간을 사랑하다

지금껏 살아오면서
내 생의 한가운데
비수 하나 품지 못했어요

어중간에 기대어
어중간과 벗하며
어중간하게 살아왔지요

어중간만 사랑해도, 내 생에
탐스러운 꽃을 피울 수 있을까
튼실한 열매를 맺을 수 있을까
아니면 어중간과 이별해야, 내 생이
칼칼해질까
온전해질까, 하면서

어중간을 사랑함은
삶의 지혜인가

삶의 술수인가

생의 한복판에서, 이제도
어중간한 내 마음

어지럼증

사춘기를 지나면서
가슴이 조금씩 답답해지기 시작했어
먹은 것도 별로 없는데 속이 늘 더부룩했지

내 생의 궂은 날에는 언제나
머릿속에 나비들이 군무(群舞)를 하지
노랑나비 흰나비가 마구 날아다녀
내 안에는 나비들이 앉아서 쉴 만한 곳이 없고
그들이 달아날 수 있는 출구도 없지

내 마음속 팽팽히 당겨진 시위에는
화살 하나 늘 걸려 있어서
가끔 시위를 당겨도 보지만
난무하는 나비들을 맞출 수는 없어

나비들이 어쩌다 잠들기를 바라지만
그들이 잠들기 전에 아마도

내가 먼저 깊은 잠에 들지 않을까 싶어

그러면 더 이상 나비는 날지 않고
어지럼증도 없어지겠지만
나비도 날지 않는 내 생의 날들이
무슨 의미가 있을까 싶어, 아무래도

나이 고개

3, 40대만 해도 나이 고개가 있는 줄도 몰랐지
50이 되니 완만한 구릉이 나타나더니
60에는 제법 가파른 고갯길이 보이더라구

오르고 싶어서 오른 것도 아니고
해찰만 하며 걸어왔는데
어느새 칠순 고개가 코앞이네
칠순 고개는 해발 몇 미터쯤 되려나

지나온 길 돌아보니 갈지자 놀음이고
마음은 여전히 저 아래 들녘에서 뛰노는데
육신은 어느새 고사목이 다 되어
바람 드센 언덕에 우두커니 서 있네

칠순 고개,
길이 없어도 넘어야 하는 고개
나무도 풀도 없는 민둥 고개
숨쉬기조차 어려운 깔딱고개

오르긴 쉬워도 내려갈 순 없는 고개

칠순 고개 오르기가 이리 쉬우면
하늘나라에 오르기도 어렵지 않겠지
휘파람 불며 올라갈 수도 있겠네

마지막 날에 지나온 길 돌아보면
조금은 아름다우려나

사라진 것들의 의미

내 시야에서 사라진 것들은 어디로 간 것일까

한겨울에 진동하던 매화의 향기는 하늘나라에 다다랐을까
하굣길에 팔랑이던 그 노랑나비는 어느 벤치에서 쉬고 있
을까
가을 하늘을 물들이던 고추잠자리는 태평양 상공을 맴돌
고 있을까
어둠을 가르던 소쩍새의 울음은 진도의 맹골수도를 감돌
고 있을까

첫사랑의 그 깊고 곱던 눈길은 그 누구에게 추파를 던지
고 있을까
별을 응시하던 그 형형한 눈빛은 어느 골목길을 헤매고
있을까
이른 나이에 생을 마감한 내 누이의 그 미소는 지금 어느
세상을 비추고 있을까
십수 년간을 용맹정진하던 눈먼 내 아버지는 어느 곳의

수도자가 되셨을까

　　내게서 사라진 것들이 많아서
　　나의 하루하루는 야위어만 가고
　　남은 것은 그들의 그림자뿐
　　그들이 졌던 십자가뿐

　　보이지 않으면 존재하지 않는 것일까
　　더 이상 아무런 의미도 없는 것일까,
　　나 또한 그들에게 그런 것일까

또 하나의 계절

찬바람이 이는 늦가을 아침
아파트 관리실 아저씨가 낙엽을 쓴다
계절의 잔해들을 깔끔하게 정리한다

한 생을 푸르게 살아온 낙엽들을
그들의 뜨거웠던 삶을
땅에 닿기가 무섭게 쓸어 담는다
한 계절의 장례식을 서둘러 치른다

아무리 떨어진 목숨이라지만
지난날들을 돌아볼 기회도
작별 인사를 나눌 시간도
낙엽으로서의 삶을 음미할 겨를도 주지 않는구나

시린 하늘에 매달린 나뭇가지들만
주억대며 조의를 표하고
잠시 살아남은 나뭇잎들이

조용히 만가(輓歌)를 부른다

내 생의 계절에도 어느새 찬 바람이 인다
세월의 빗질이 시작됐나 보다
허허로이 쓸려가 어딘가에 곱게 쌓이겠지
쌓인 채로 다시 꿈을 꾸겠지, 또 하나의 계절을

'소나타'와의 동행

천륜으로 만난 '소나타'와
십수 년의 세월 동안 세상을 구르는 중이다

이른 봄 고성 통일전망대로 향하던 날 그는
동해가 유난히 푸른 이유를 생각해보았을까
내 심장이 요동치는 소리 들었을까

비를 맞으며 팽목항에 도착했을 때 그는
나의 시선이 머무는 곳 눈치챘을까
대책 없이 흔들리는 내 눈빛을 보았을까
바다의 검은 울음소리 들었을까

햇살 가득한 광주 5·18기념공원에 들렀을 때 그는
비석들의 처연한 춤사위를 보았을까
맑은 하늘의 천둥소리 들었을까

어느 가을 대전 골령골에 들어섰을 때 그는
하늘까지 뻗친 하얀 원혼들을 보았을까

계곡을 뒤흔드는 붉은 울음소리 들었을까

해 질 녘 공주 우금티 넘어설 때 그는
죽어서도 일어서는 죽창들 보았을까
골짜기에 넘쳐흐르는 핏빛들 보았을까

허구한 날
세상의 각진 곳들만 찾아다닌 탓에
그의 다리가 휘청거린다
나의 숨소리가 심상치 않다

이제 그와 내가 해야 할 일은
그의 다리와 내 심장을 쉬게 하는 것
서로에게 좋은 추억으로 남는 것
영원한 동반자가 되는 것, 돌이킬 수 없이

욕심에는 예의가 없다

친한 친구가 이 세상을 뜨던 날, 나는 핑계 삼아
좋은 술집에 가서 비싼 술을 마셨지

그 집 TV에서 나오는
세상 돌아가는 얘기에 귀가 쫑긋했지
어느 대선 후보의 넋두리도 들었고
무희들의 현란한 몸짓도 보고
주식시장이 돌아가는 상황도 꼼꼼히 살폈지

낮술에 얼큰해진 나는
서녘 하늘을 바라보면서도
뜨거웠던 날들을 떠올렸지
기분 좋은 일들만 생각했지

인간의 욕심은 어찌하여
시도 때도 없이 나대는가
까닭도 없이 무성한가

인간의 욕심에는

한 줌의 염치가 없구나

한 자락 예의도 없구나

허튼 맹세도 없이*

친구여, 그대와의 이별이 잠깐인 줄 알았다네
아침에 나섰다가 저녁에 돌아오는 사람처럼
봄이 오면 다시 돋아나는 새싹처럼
여름이 오면 다시 돌아오는 제비처럼
흔하디흔한 이별인 줄 알았다네

그리하여
먼 길을 떠나는 그대에게 '잘 가라' 말도 못 했다네
서둘러 떠나는 그대를 '가지 말라' 힘 있게 잡지도 못했다네
마지막 길을 떠나는 그대를 한번 안아보지도 못했다네
'우리 다시 만나자'는 허튼 맹세도 못 했다네

계절이 바뀌어도 돌아오지 않는 친구여,
오늘 그대의 젖은 목소리처럼 비는 내리고
그대의 모습 찾으려 나는 가난한 추억 속을 뒤적인다네
세월의 뒷골목을 휘젓고 다닌다네

머잖아 내가 그곳에 가는 날

그 너른 세상에서 그대를 어찌 찾아가나
부디 잊지 말고 마중이나 나오시게
행여 나를 모른다 하지는 말게나

무릎 꿇고 기도라도 드려야겠네
내 작은 이 기도가
그대에게 이르는 지름길이 되기를
재회의 징검다리가 되기를

* 정태춘의 노래 〈떠나가는 배〉의 가사에서 빌려 씀.

기피 인물

어쩌다가 생각도 없이
대나무 숲에 들어서니 댓잎들이 수런거리고
소나무 숲에 들어서니 솔잎들이 곤두선다

아파트 뒷동산에서 마주친 청솔모는
질겁을 하며 나무 위로 튀어 오르고
아파트 안에서 눈이 마주친 고양이는
허겁지겁 자동차 밑으로 기어들어 간다

나는 그들에게 기피 인물인가 보다

사납게 치올라간 내 눈꼬리를 순하게 고쳐볼까
흉하게 낮은 내 코를 조금 세워볼까
그들처럼 네 발로 기어볼까
욕심으로 날이 선 마음을 궁글려볼까

우리가 기피하는 것들보다
우리를 기피하는 것들이 더 많은 우리네 삶,
뭐라고 변명해야 하나
어떻게 위로해야 하나

세렝게티의 초원 한가운데 세끼 잃은 어미 하마의 시선이 지평선 너...

...여 한숨은 분명 해 생겨나도... 걸 것이다 생사가 출렁이는 세렝게티에...

제3부

...배양은 글썽이는... ...이흐서리는... ...수유이 휘란하게 벅주벘사진다... 죽음은 차라리 자비, 빛...

조각들 주위에는, 뭇 생명들이 부산떠는 세렝게티, 날마다 삶과 죽음게티, 날마다 삶과 죽음... ...찬연한 만빛은 내일을 향한 연민, 모든 생을 위로하는 세렝게티에서

우주 친구

너무 멀어
빛으로도 잴 수 없는 거리
그리움도 가닿지 않는 곳에 사는 친구여

너무 달라
안타까움도 일지 않는 우리
낯섦도 의미가 없는 우리 사이에
어찌하여 핏줄은 이리 땡기는가

아득하여 더욱 그리운 친구야
우리 어쩌다 만나면 무엇을, 어떻게 해야 하나
아무 말 없이 그저 서로의 가슴을 열어
붉은 심장이나 보여줘야 하나

그대와 내가 세상의 양 끝에 살고 있다 하니
이 우주의 끝을 잡고 살포시 접어나 볼까
그대와 내가 하나 될 수 있게
온 세상이 아름다워질 수 있게

인연의 꽃

밀려오는 저 파도야
무슨 의도가 있겠어

멀어져가는 썰물에게
무슨 미련이 남아 있겠어

잠깐 왔다가는 인생에
무슨 희망이 자라나겠어

스쳐 지나가는 그대와 나 사이에
무슨 의미를 부여하겠어

인연도 그저
그대와 나 사이에 잠시 피었다가 지는
한 송이 꽃일 뿐

백색 순명(順命)

저만의 춤사위로 없는 길 달려와
창틀에 부서지고
찻길에 투신하고
모닥불 위로 돌진한다

순백의 결기
정갈한 소멸.

이 세상의 마지막 모퉁이 돌아
시간의 너울 벗어야 할 때, 나도
티끌 하나 없는 영롱한 눈물이 될 수 있을까
정갈하게 순명할 수 있을까, 모든 생을 넘어

원초적 우상숭배

세상엔 신들이 참 많지

사람들은 각자
제 머리 위에 신상(神像) 하나씩 이고 살지
제 등에 성전 하나씩 메고 다니지
신 중의 신, 자신을 살뜰히 섬기지
원초적 우상숭배

세월 따라 신심은 더욱 깊어지고
신상과 성전이 제 앞을 가리어
세상을 제대로 볼 수가 없지
다른 신들은 아예 보이질 않지

그렇게 인생길 가다가
그 신상에 걸려 넘어지는 날
그 성전에 눌려 엎어지는 날
그 우상(偶像)은 산산이 부서지겠지,
새로운 세상이 펼쳐지겠지

겸손과 사랑의 신을 섬기게 되겠지

빛의 세례

오뉴월 한낮 잘 달구어진 아스팔트 위로
지렁이 한 마리 기어오른다
축축하던 지난날들과 작별하고
뽀송뽀송한 길로 접어들었나 보다

어둠의 축복을 멀리하고 빛의 마력에 빠졌나 보다
어둠 속에도 빛나는 삶이 있고
빛의 세례도 저주일 수 있다는 것을
미처 알아채지 못했나 보다

선택할 수 없는 게 운명이라지만, 가끔은
스스로의 선택이 운명이 되기도 하나 보다
선택할 수밖에 없는 것도 운명이겠지만

이 어지러운 세상에서
빛나는 것들만 좇는 우리는
무엇을 위해 오체투지하고 있나
어디로 가는 순례자인가

꽃의 의지 1

봄에 피는 꽃들은
모진 세월 이겨낸 계절의 미소
대지 위에 아로새겨진 문신

봄에 피는 꽃들은
어둑한 세상을 깨우는 선명한 외침
침묵하는 인간을 향한 발랄한 몸짓

봄에 핀 꽃들이 쉬이 지는 것은
모든 봄들은 오래가지 않는다는 깨우침
꽃들이 지면서 까만 열매를 맺는 것은
'내년 봄에 다시 오마' 하는 굳센 다짐

꽃이 피고 지는 것은
누구를 사랑하는 것도
누구를 원망하는 것도 아닌, 그저
조용한 몸짓이겠지요
꽃들의 의지겠지요

꽃의 의지 2

꽃은 미풍에도 뿌리까지 흔들리지, 때론
하나뿐인 제 목숨 떨구기도 하지

아름다운 것이라고 늘 나약한 건 아니지
언 땅을 뚫고 꽃대를 밀어 올리기도 하고
춘설 속에서도 한 생을 열어젖히지
한 자리에 머물러 있어도 온 세상을 물들이지

선한 것이라고 분별이 없는 건 아니지
비바람이 몰아치면 고개를 숙일 줄도 알고
벌 나비의 구애에 몸을 비틀기도 하지
폭풍우에 휘둘려도 제 향기를 잃는 법이 없지

생의 끝날에는
제 각진 삶을 궁글려 둥글게 마무리하지
깜깜한 대지에 위로와 희망을 주지
다시 환한 세상을 약속하지

날치의 꿈

날치는 가끔
제가 살던 세상을 박차고 날아오른다
수면 위로 2~3미터, 최대 400미터를 날아간단다

날치의 세계는
그가 날아오른 높이와
그가 날아간 길이만큼 넓어지는 걸까

그의 꿈은
제가 살던 세상을 버린 만큼, 꼭 그만큼
커지는 걸까

물속으로 되돌아간 그는
무엇을 보았다 할까
예전의 삶을 살 수 있을까

날개도 없는 우리는 무슨 수로
이 세상을 벗어날 수 있을까

새로운 꿈을 꿀 수 있을까

내 생에는 언제쯤
가벼운 날개 하나 돋아나려나

낙지 전골

남을 위해 제 목숨을 내놓는 일은
뜨거운 일이지

인간이 아닌 것들이 인간을 위해
제 삶을 토막내는 것은
서늘한 일이지

모든 생은 마지막에 '꿈틀'한다지
그 기백으로 제 생을 견디어오고
그 용기로 다른 목숨을 살려내는 거지

잠시의 허기도 견디지 못하고
허겁지겁 들어선 식당 안에서
뜨거운 세례를 베푸는 국물의 춤사위가
낙지를 위한 레퀴엠*으로 들린다

낙지의 날카로운 운명으로
가련한 목숨을 연장한 나는, 생의 끝에서

누구를 위해 뜨거워져야 하나

무엇을 위해 서늘해져야 하나

* 레퀴엠⒠requiem⒡ : 죽은 사람의 영혼을 위로하기 위한 음악.

오픈 런*

이 세상에 올 때는 분명
하나의 문으로 들어온 듯한데
줄을 서서 차례대로 들어온 것 같은데……

이 세상에서 나가는 문은 수도 없이 많구나
줄을 서지도 않는구나
차례도 없구나
방법도 가지가지구나

어떤 친구는 아파트를 짓다가 가고
어느 여인은 물놀이하다가 가고
누구는 잠을 자듯 슬며시 떠나가고
어떤 이들은 암과 어깨동무하고 가고……

그 먼 길들을 떠나면서 왜
한 마디 작별 인사도 없이 가나
다시 만나자는 약속도 없이 가나

뒤도 돌아보지 않고 혼자서 가나

저 세상에는 아마도

명품들이 가득한가 보다

목숨보다 더 소중한 것들이 있나 보다

모두가 그곳을 향하여 오픈 런 하는 걸 보니

달려가서 영영 돌아오지 않는 걸 보니

* 오픈 런(open run) : 개점 질주. 백화점의 문이 열리자마자 쇼핑하기 위
  해 달려가는 것.

바람 무늬

비탈에 서 있는 나무에는
바람의 무늬 하나씩 새겨져 있지
노송의 둥치에는 오래된 이야기가
굴참나무 줄기에는 아픈 날들의 기억이
단풍나무 가지에는 들뜬 사연이
제 모양대로 새겨져 있지

양지바른 곳에 핀 꽃들은
바람의 향기 하나씩 품고 있지
진달래, 찔레꽃, 개나리……
제 빛깔대로 품고 있지

바람의 무늬도
꽃들의 향기도 결국
스쳐 지나가는 한바탕 꿈이겠지만
잠시 머물다가 사라지는 추억이겠지만

비바람에 흔들리다 보면

더 선명해지겠지

더 깊어지겠지, 그러다가

더욱 아름다워지겠지

그림자

세상의 모든 것은 다 제 그림자가 있다는데
하늘의 그림자는
태양의 그림자는
하느님의 그림자는 어디에 있나요

이 세상에서
큰 것은 그림자가 없나요
밝은 것은 그림자가 없나요
지고한 것은 그림자가 없나요

지금 이순간
내 생을 에워싸고 있는
이 세상을 뒤덮고 있는
이 크나큰 그림자는 무엇인가요
이 짙은 그림자는 누구의 것인가요

생이 가벼워서
생이 보잘것없어서, 내 그림자

자꾸만 커져가나요

더 짙어져가나요

행여

내 그림자가 작아지는 날도 올까요

아예 사라지는 날도 올까요, 언감생심

태초의 씨앗

모든 씨앗은
작고, 어둡다

큰 세상을 꿈꾸는 자는 작아져야 하고
생명을 잉태하는 자는 겸손해져야 하나 보다,
세상의 이치가 그런가 보다

씨앗 속에는
바이칼 호수가 넘실대고
안나푸르나의 야크들이 뛰놀고
사하라 하늘의 별들이 빛나고
아마존의 열대우림이 일렁인다

씨앗 속에는
연록의 순정이
상사화의 울음이
고추잠자리의 날갯짓이

눈꽃들의 군무가 살아 숨 쉬고 있다

조그만 것이 큰 것을 품고 있구나
어둠이 빛을 품고 있구나

태초의 씨앗은 정말
우주의 크기만큼
우주의 꿈만큼, 꼭 그만큼 작았을까

가벼운 세상

갑자기 지구가 가벼워졌는지
세상의 모든 것들이 가볍구나
위정자들의 입이 가볍고
둘도 없는 인연이 가볍고
가슴 깊은 곳 영혼이 가볍고
살아 있는 것들의 목숨마저 가볍구나

세상의 모든 것들이 흔들리는구나
바람도 없는 아침에 꽃잎들이 흔들리고
저녁노을 속 날아가는 새들의 길이 흔들리고
이 반도의 평화가 마구 흔들리고
생의 먼바다에 있는 등대마저 흔들리는구나

세상의 많은 것들이 쓰러지는구나
골목길 지키던 가로등이 쓰러지고
하늘로 향하던 십자가들이 쓰러지고
천년고찰이 시나브로 쓰러지고

마지막 남은 염치마저 쓰러지는구나

그리하여
딛고 일어설 게 없구나
기대어 살아갈 게 없구나
쓰러졌다 다시 나아갈 희망이 없구나

세상이 가벼워질수록 생은 더욱 무거워지고
앞으로 나아갈 수도 없으니
내 생의 깊은 곳에
가난한 돛 하나 달아야겠다

의리의 동반자

변치 않는 세월과
앞서거니 뒤서거니 하면서 여기까지 왔지
험한 길은 두 손 꼭 잡고 걸었고
힘들 때는 세월의 등에 업혀서도 왔지

어릴 적엔 동네 뒷골목에서
구슬치기도 하고 팽이도 치고
날이 어둑해질 때까지 술래잡기도 했지
세월도 모처럼 여유를 부리고

젊은 날에는
세상의 모든 길들이 울퉁불퉁해 보였어
어두운 뒷골목을 휘청이며 걸었지
세월도 가끔 흔들렸으나 조금씩 속도를 올렸지

나이 고개 몇 넘으면서
나는 술타령에 해찰이 늘어만 가는데
여전히 청춘인 세월은 성큼성큼 앞서가네

세월이 가는 길에는 돌부리도 없고 교통체증도 없어

그렇다고 앞서가는 세월을 탓할 수야 있나
절뚝이며 가더라도 따라가야지
그 험하고 외로운 길을 함께한 세월에게
등을 돌릴 수야 없잖아

눈치 없는 동반자
의리의 '세월'

붉은 날

젊은 날엔
화무십일홍(花無十日紅)을 알지 못했어
백일홍을 보면 안쓰러웠지

붉게 산다는 것의 의미를 몰랐어
붉게 산다는 것의 무게를 몰랐지

이제는
십일홍이 참 대견하다 싶고
백일홍이 너무도 부럽지

처음부터 붉은 삶이 어디 있으랴
푸르른 날들도 쌓이고 쌓이면
어둠의 날들도 견디고 견디면
백설이 분분한 날에도
진홍빛 날들이 찾아오겠지

제4부

작은 소망

— 2023 DMZ국제평화대행진을 마치며

어느 날씨 좋은 날
고성 통일전망대에서 바라본 북녘에는
철조망도, 지뢰도, 초병도 보이지 않았다
금강산을 향해 곧게 뻗은 도로와 동해선 철길과
푸르게 출렁이는 동해의 물결만 보였다
그곳은 본래 그런 곳이었다

소이산* 정상에서 듣는 철원의 역사는 서늘했다
산자락은 여전히 지뢰밭이었고
길 건너에선 간간이 포성이 들려왔다
경원선의 철마는 납작 엎드린 채 울지 않았고
철책을 넘어 DMZ를 달려온 북녘의 바람만이 대견하였다

동두천은 초입부터 낯설었다
우리를 구원하러 왔다는 코 큰 이들의 만행이 널브러져
있었다
  : 문화특구거리, monkey house, 윤금이 씨, 효순이와 미선
이, 무명 희생자들의 묘소……

우리보다 우리를 더 사랑한다는 그들의 선물이다
악마는 늘 천사의 얼굴을 한다 했으니까

교동도 망향대에 도착하니
남과 북의 강물은 자연스레 하나 되고
조강의 뻘밭은 어머니의 가슴이었다
망향카페 안도 가수의 절절한 망향가에
강물도 소리 없이 뒤척이고
우리네 가슴에는 노을이 일었다

보잘것없는 우리에게
특별한 소망이라는 게 있을까, 그저
하늘을 나는 새들과 임진강을 오르내리는 물고기들처럼
고향 산천에 자유로이 오가고 싶을 뿐이다
DMZ의 나무들처럼 내 피붙이들과 더불어
어우렁더우렁 살아가고 싶을 뿐이다

갈라진 산하, 끊어진 핏줄 다시 잇고 싶을 뿐이다

분단과 대결, 분열과 증오

이 야만의 시대를 끝내고 싶을 뿐이다

원초적 바람이다, 결코 포기할 수 없는

* 소이산 : 강원도 철원군 철원읍 사요리 산 1번지에 있는 산.

위로가 필요해

― 2022 대선이 끝나고

정의는 무너질수록 빛이 난다

오늘 우리들의 어리석음이
내일을 열어가는 힘이 될 것이다
다시 일어서는 의지가 될 것이다

비틀거려도 역사는
스스로 절망하지 않는다
스스로 무너지지 않는다
잠시 상념에 잠길 뿐

흔들린다고 언제나 쓰러지는 것은 아니다
쓰러진다고 세상이 끝나는 것도 아니다
모질게 쓰러질수록 더욱 성숙해질 뿐.

오늘은 무작정
누군가의 멱살이라도 잡고 싶다
세상의 볼기라도 치고 싶다

길고양이의 위로라도 받고 싶다

쓰러진 정의라도 안아보고 싶다

허망한 꽃

권력은 본래
민중이라는 밭에 뿌리를 내리고 싹을 틔우지
민중의 기대를 먹으며 자라지

권력은 오직
민중의 삶 속에서 꽃을 피워야지
권력의 꽃은 민중의 미소
권력의 열매는 민중의 행복

권력은 본래
제 가슴을 썩혀
민중을 살리자는 거지.

아차 실수로 민중을 외면하고
화사한 제 모습에 취하면
그 뿌리부터 썩기 시작하지
역사 앞에 무참히 무너지지

한 줌의 햇살에도 스러지지

계절이 바뀌어도 다시 피어날 수 없지
이슬보다도 허망하지

지지 않는 꽃
— 대전 현충원에서

현충원 앞뜰에 꽃들이 피었구나
돌꽃들이 만발하였구나

김 일병의 꽃
박 상병의 꽃
이 병장의 꽃……

이름도 모르는 전선에서
깊은 밤 달빛에 젖어 〈전선야곡〉을 부르다가
〈고향의 봄〉을 부르다가, 돌연
꽃들이 되었구나

죄 없는 청춘들이 이유도 모른 채
여기저기 툭! 툭! 떨어져
환하게 피었구나

봄에는 진달래로
가을에는 들국화로

철 따라 우리네 가슴 한가운데 피는구나

지지 않는 꽃으로 피는구나

이념과 조국도

자유와 민주도

그대들의 목숨을 지켜주진 못했구나

이 세상의 그 무엇도

그대들의 향기를 대신할 수는 없는데

근심의 원인

내 부모는 별들만큼이나 근심이 많다 하셨다

도심에 차고 넘치는 인파들이 있어
도로 위에 차량의 행렬이 있어
악다구니 쓰는 민중들이 있어
개념 없는 위정자가 있어, 거북하다

한반도에 휴전선이 있어
남한과 북한이 있어
미국과 중국이 있어
일본 열도와 태평양이 있어, 걱정이다

하늘에 빛나는 별들이 있어
들녘에 예쁜 꽃들이 있어
숲속에 노래하는 새들이 있어
공중에 시원한 바람이 있어, 안타깝다

사랑하는 부모 형제가 있어

허물없는 친구가 있어
다정한 이웃이 있어
사랑하는 사람이 있어, 고민이다

무엇보다 내가 이 세상에 있어
걱정 많은 내가 있어, 모두가 위태롭다

욕망의 덫

푸르른 지구를 내려다보다가
어지럽게 그어진 붉은 선들을 보았어요
지구의 이곳저곳을 할퀴며 지나갔어요

히말라야의 준령에도
태평양 한가운데에도
사하라 모래벌판에도
한반도의 가느다란 허리에도
핏빛보다도 붉은 선들이 그어져 있어요

하늘에, 산에, 바다에, 사막에, 이 반도의 허리에는 본래
붉은 선이 없었잖아요
물고기의 지느러미에, 새들의 날개에, 바람의 등줄기에도
붉은 선은 없잖아요

바람이 휩쓸고 간 상처는 아니겠지요
강물이 심술을 부린 흔적은 아니겠지요
호랑이의 발톱 자국은 아니겠지요

지구가 자해(自害)한 모습은 더욱 아니겠지요

핏발 선 초병처럼 노려보는 그 붉은 선을
바람과 구름은 한가로이 넘어가네요
새들은 노래하며 가뿐히 넘어가네요
민들레 꽃씨는 춤추듯이 넘어가네요

그 선들이 사람들의 발길을 가로막네요
욕망으로 빚은 붉은 덫
스스로 놓은 덫이라 헤어나지 못하네요
지구의 상처만 깊어가네요.

거짓과 진실

1.

어느 시인은
세월호에서 희생된 아이들을 두 눈으로 보면서도
'조금도 슬프지 않다' 했다
一 몇 날 며칠 밤 통음을 했다 한다

광주 5 · 18 열사들의 묘역에서
'하나도 원통하지 않다' 했다
一 돌아서서 땅을 치며 통곡했다 한다

이태원 참사의 소식을 듣고 나서
'누구를 원망할 수 있겠느냐' 했다
一 가슴을 치며 속울음 울었다 했다

2

어느 정치인은
세월호 아이들의 수많은 죽음 앞에서

'제가 할 일은 다 했다' 했다
―아마 무엇을 해야 할지도 몰랐을 테지

광주 5 · 18 희생자들을 향해
'폭도들이었다. 북한에서 보낸 간첩이었다' 했다
―폭도보다, 북한군보다 그들이 더 미웠겠지

어이없는 이태원 참사를 두고
'어떻게 대처할 수 있는 일이 아니었다' 했다
―아예 무슨 대처를 할 생각이 없었겠지

녹두꽃, 다시 피어나다

전봉준, 세상은 당신을
'녹두'라 불렀다지요
조그맣다 했다지요,
조그만 것들이 근본이지요
그들이 세상을 바꿔왔지요

보국안민, 제폭구민(除暴救民), 위정척사……
어느 것 하나 그른 것 없는데
인내천이니 사인여천(事人如天)하라!
인륜이요 천리(天理)를 따랐을 뿐인데

우금티에서 동지들이 시산시하(屍山屍河)를 이룰 때
순창에서 나주, 전주 거쳐 서울로 압송될 때
왜놈들의 손에 넘겨질 때
'운거영웅부자모(運去英雄不自謀)'*라 말해야 할 때
당신의 오장육부가 어찌 성하였으리오

인간 세상에서는 예나 지금이나

죄 많은 놈들이 죄 없는 자를 심판하여
백성을 사랑하면 칼을 내리고
세상을 구하려 하면 가시관을 씌웠지요

오래전 녹두꽃, 모진 비바람에 떨어졌으나
반도의 골목마다 질펀했던 그 푸른 향기
고비마다 불사의 혼으로 되살아나
민중의 횃불이 되었나이다
민족의 나아갈 길 밝히고 있나이다

전봉준, 녹두꽃
민중과 조국을 위해 당당하게 떨어진 꽃, 오늘 다시
우리네 가슴속에 피어나
끝끝내 지지 않으리라

* 운거영웅부자모(運去英雄不自謀) : 운이 다하니 영웅도 어쩔 수가 없구
　나.

휴전선의 노랑나비
— 2023년 DMZ 국제평화대행진에 부쳐

우리들의 발길이 시나브로 쌓여
철조망을 녹이리라
휴전선을 지우리라

외세에 짓눌리고
휴전선에 걸려 넘어진
이 반도의 역사를 다시 일으켜 세우리라
동포들의 상처 난 가슴을 쓸어안으리라

철조망을 싹둑 잘라 굴렁쇠를 만들어
남녘과 북녘 골골을 누비며
화해와 상생의 길을 내리라
평화와 희망의 씨앗을 뿌리리라

거짓 평화를 말하는 사람들아
뒤에서 총질하는 세력들아
우리의 행진을 막아서지 마라
스텔스기와 항공모함 대신, 우리는

종달새와 갈매기를 날게 하리라

이대로 나 죽어 노랑나비가 되면
동포들과 함께 신나는 군무를 추리라
힘찬 날갯짓으로 철조망을 날려 보내리라
여린 날개 찢어질 때까지 멈추지 않으리라

남북의 선남 선녀들아
가슴 붉은 사람들아
돌부리와 폭풍우 두려워하지 마라
이 땅과 하늘은 우리의 것이요
오늘과 내일도 우리의 편일지니
끝내 우리는 하나가 되리라
하나 되어 뜨거운 노래 부르리라

4월, 참회 그리고 부활

— 세월호 참사 10주기를 추모하며

너희가 우리 곁을 떠난 후로
많은 세월이 흘렀다 한다
강산도 변할 만큼 세월이 흘렀다 한다

너희는 떠나갔어도, 어김없이
이 계절은 다시 돌아와
산과 들에는 꽃들이 만발하고
새들은 시원스레 허공을 가르는구나
살아 있는 것들은 저마다 제 갈 길을 가는구나
너희의 원망은 아직도 시퍼렇게 살아 있는데……

세상 사람들은 말한다, 너희가 우리 곁을 떠나
꽃이 되었을 거라고
이름 모를 새가 되었을 거라고
하늘의 별이 되었을 거라고 말한다

그들은 정말 몰랐을까
너희는 살아 있을 적에 이미, 우리의

향기로운 꽃이었고
노래하는 새였고
빛나는 별이었다

사람들의 이기와 위선으로
너희의 어깨가 무너지던 날
너희의 목숨이 사선(死線)에 섰던 그날
우리는 어디에서 무엇을 하고 있었을까

너희가 이유도 모른 채 그렇게
깊은 바다 수중 고혼(孤魂)이 되어갈 때, 어찌하여
가슴 치며 통곡하는 이 하나 없었을까
참회하며 고개 떨구는 이 하나 없었을까
눈물도 모르는 이 세상, 우리들의 민낯이 아닐까

해마다 돌아오는 이 계절에 우리가 이토록 부끄러운 것은
너희를 그토록 사랑한다 하면서도
너희를 결코 잊지 않았다 하면서도, 정작

너희를 위해 한 일이 없다는 것
너희를 위해 할 수 있는 일이 없다는 사실 때문이리라

이 봄 우리가 여기에 모여, 염치도 없이 이렇게
침묵을 깨뜨리며 허튼소리라도 하는 것은
꽃이 피고 제비가 돌아와도 이제는
너희를 다시는 볼 수 없다는 사실,
그 아프고 슬픈 깨달음 때문이리라

한 송이 꽃도 피우지 못하는 우리가
다시 무슨 약속을 할 수 있으랴만
너희의 그 푸르른 원망과 서러움으로
쓰러지는 이 세상을
부질없는 이 삶을 다시 곧추세우겠노라 다짐해본다

4월은 부활의 계절이어야 한다
쌓인 원망과 분노를 넘어
위선과 이기를 넘어

슬픔과 고통을 넘어
어둠과 죽음의 세월을 이겨내고, 당차게
빛과 생명의 세상으로 나아가야 한다
우리들 모두가 부활하는 그날까지

묵시록 1

2023년 8월 인간들은 스스로 묵시록을 발표했어요 : 핵오염수 방류

성경의 한 구절이 떠올랐어요 : '하느님께서는 사람 만드신 걸 후회하셨다.'

대마도와 홋카이도는 무슨 낯으로 살아갈까요
독도와 울릉도는 무슨 희망으로 사나요
태평양의 넓이가 무슨 쓸모가 있나요
히말라야의 높이가 무슨 방패가 되나요

기시다와 마사코는 어디에서 사나요
철수와 순이는 뭘 먹어야 하나요
톰과 소피아는 누구랑 놀아야 하나요
후안과 루시아는 뭘 하며 놀아야 할까요

이른 봄에도 개나리와 진달래는 피지 않겠지요
가을 하늘에 고추잠자리 날지 않겠지요

꽃에서도 향기가 나지 않겠지요
새들도 더 이상 노래하지 않겠지요

우리네 세상이 회색으로 변할 거예요
그림자조차 찾을 수 없을 거예요
죽는 게 아니라 사라지는 거지요
돌이킬 수 없을 거예요, 영원토록

묵시록 2

흰 눈이 쌓이고 쌓여도 대지의 검은 속살에는 미치지 못하리라
부처님의 성덕이 태산을 이뤄도 중생을 온전히 구제하진 못하리라
하느님의 은총이 폭포수처럼 쏟아져도 인간의 마음을 다 적시지는 못하리라

예수님을 부르는 외침이 가자 지구의 하늘을 뒤흔들어도
쏟아지는 미사일과 포탄을 멈추게 하진 못하리라
아이들의 피맺힌 절규를 그치게 하진 못하리라
인간들이 퍼붓는 저주를 막지는 못하리라

한 손에 십자가를 들고
다른 한 손에는 피 묻은 칼을 들고 있는 자들이여
하느님을 찾지 말라, 낯 두껍게
예수님을 부르지 마라, 염치도 없이

세상의 죄악은
총구에서 뿜어져 나오지 않는다

백린탄* 지랄탄**에서 터져 나오지 않는다
그대들의 아름다운 가슴에서 솟구쳐 오르고
기도하는 거룩한 입에서 튀어나오는 것이다

죄 있는 자 스스로 구원해야 하리라
제 폐부를 째는 통회가 먼저이리라
사방팔방에 사죄해야 하리라
그 뒤에 사랑이 따라야 하리라

인간이 스스로를 구원하기 전에는
가자 지구의 구원은 없으리라
세상의 구원도 없으리라

요즘 하느님도 몹시 우울하시리라

* 백린탄 : 인(燐)으로 만든 발화용 폭탄.
** 지랄탄 : 많은 수가 잇따라 발사되는 최루탄을 속되게 이르는 말.

묵시록 3

이 세상의 모든 꽃들은 진다

인간의 숨길이 닿는 곳마다 뭇 생명들의 목숨이 날아가고
인간의 손길이 닿는 곳마다 플라스틱이 성을 이루고
인간의 발길이 닿는 곳마다 지구의 한 모퉁이가 무너진다

자본이 성한 곳에는
뒷동산과 오솔길이 사라지고
바다의 파도가 사라지고
하늘의 별들이 흐려지고
우리네 뜨거운 가슴도 식어가리라

문명이 찬란한 곳에는
물고기의 지느러미가 사라지고
새와 나비의 날개가 사라지고
아침이슬과 저녁노을이 사라지고
번들거리는 위선이 판을 치리라

문밖은 수십 미터 철조망과 지뢰들이 무성하고
바다와 하늘에는 핵무기들이 날아다니는 한복판에서
입만 열면 제 형제들을 저주하며 태연히 살아가는
우리 또한 온전하지 못하리라

하느님도 선뜻 우리를 위로하지 못하리라

우리네 산하가 붉다, 살아온 세월이 붉다
― 한국전쟁기 억울한 죽임을 당한 천안 지역의 영혼들을 위하여

아침저녁으로 들녘에 나가
물고를 살피고 논밭의 김을 매는 건강한 농부였으리라
집안 살림을 위해 애쓰고
자식들의 앞날을 걱정하는 자상한 아비였으리라

못 배우고
가진 것 없고
세상 물정 모르고
기댈 수 있는 빽 하나 없는 범부였으리라,
죄라면 그게 전부였으리라

난리 통에 그저 이리저리 휩쓸리다
뭐가 뭔지도 모른 채 어느 날
이민족도 아닌, 적군도 아닌
길 오가며 형님, 아우 하던 동족에게
도살장의 짐승처럼 살육당한 당신들은
영혼마저 험하게 고꾸라져 어두운 골짜기에서
70여 년의 세월을 견디어왔습니다

'여보, 나 먼저 가오'

'아들아, 미안하다', 한마디 말도 남기지 못한 채

허망하게 스러진 당신들의 목숨과

아름답던 꿈과

창창했던 앞날을 이제

어디에서 찾아야 합니까

그 무엇으로 보상을 받아야 합니까

이제야 알겠습니다

봄이면 골짜기마다 왜 진달래가 붉게 피는지

깊은 밤 소쩍새가 왜 피 울음을 우는지

들녘의 풀꽃들이 왜 저토록 처연한지

시도 때도 없이 가슴은 왜 저려오는지……

우리네 산하가 붉습니다

저 깊은 골짜기, 저 듬직한 마루, 저 드넓은 들녘, 저 아름
다운 포구…

슬프도록 붉습니다

이곳 성산*의 골짜기가 온통 붉습니다

우리가 살아온 세월이 붉습니다

요행히 살아남은 우리, 이제
당신들의 죽음 앞에서
염치없어 마음이 붉어집니다
부끄러워 얼굴이 붉어집니다

부질없던 이승의 삶, 맺혔던 원한 스스로 떨치시고
분단도 전쟁도 없는 나라에서
이념의 대립도 체제의 갈등도 없는 세상에서
평안한 삶 이어가소서
안식을 누리소서

* 성산 : 천안시 직산면에 있는 산.

130

작아지는 인간, 커가는 윤리

김효숙

『세렝게티의 자비』는 가벼움의 시대를 살아가는 개인에게 '인간'이기에 가능할 법한 생각거리들을 안긴다. 사사로운 경험에 착안한 시들과 거시적 안목을 지닌 시들이 상호 교환하는 감수성과 현실 진단 의지는 결코 단선적이지가 않다. 시인이 펼쳐 보이는 다양한 상황들로 유추해보건대 이 시집의 화자는 크게 세 개의 반경—모성성, 신과 시인, 역사적 사건들—안에서의 성찰적 주체다. 여기에 담긴 주제들이 그간에 우리가 당연시해온 것들을 다시 바라보게 한다. 특히 타자와 견주어 자신의 행복과 안전을 꾀하는 이기적 개인에게 이 같은 발화는 무심코 지나칠 수 없게 하는 힘을 지녔다.

이 시집에서 시인은 뒤늦게 알게 된 삶의 이치와 인간관을 남다른 안목으로 녹여낸다. 「뒤늦은 깨달음」에서 들려주는 고백처럼 시인은 이전에 자신만의 행복을 추구하는 일에 골몰했

었다. 세상만사의 이치를 따져볼 겨를도 없이 모든 것을 당연시했으며, 과거를 돌아볼 때는 번번이 원망으로 얼룩진 일들이 먼저 떠오르곤 했다. 더구나 그의 피신처인 신앙마저 습관으로 굳어져 안일함과 나태함으로 점철된 시간을 살아왔노라고백한다. 여기에 더해 시 쓰는 일의 불가능성을 절감하면서 번번이 고역이고 절망인 글쓰기를 이어왔다고 말한다. 그러면서도 그는 시 쓰기의 고역이 역설적으로 위안이 되었던 삶을 이야기한다.

어느새 당연해진 것들의 당연치 않음을 어떻게 증명할 수 있을까. 과거로 소급해 가 그 원인을 밝힐 수 있다면 그것은 필시 이미 사라져버린 것들에 관한 증명 행위일 것이다. 시인이 "사라진 것들의 의미"(「사라진 것들의 의미」)를 생각해보자고 제안하면서 지금 여기에 "그림자"와 "십자가"만 남아 있다고 안타까워하는 마음을 헤아려보아야 한다. 그림자의 주체도, 십자가에 구속되었거나 그것을 어깨에 메었던 주체도 사라진 지금 여기에는 이전의 인간 형상은 남아 있지 않다. 시인은 프린트물의 잉크가 점차 희미해지다가 어느 날 홀연 어떤 형상이 자취를 감춰버린 듯한 인간을 사유하고 있다. 그 인간은 부활의 근거마저 잃어버린 주체라 할 수 있다.

하여 전해윤 시인은 엄연히 이곳에 현전하는 인간을 사라져버렸다고 종종 생각한다. 그 기저에 부활 불가능성으로서의 인간이 있다. 부활은 죽음을 전제해야 가능하지만 사라져버린 인간은 죽음 현상과 별개로 자취를 감춘 상태를 이른다. 부단히 사라지는 과정에 놓여 있어서 복원이 불가능하며, 부활은 온전히 죽음으로써만 가능한 일인 점을 성서에 쓰고 있기에 현대 인간은 부활을 꿈꿀 수 없는 사라짐의 주체라고 시인은 생각한다. 그림자·십자가의 은유로 인간의 부재를 말하면서 지금 여기에 현전하는 인간 형상을 성찰하는 이 시집을 읽기에 앞서 우리가 해야 할 일이 있다. 신앙의 맹목성이나 종교 범주의 획일적 사고를 잠시 내려놓을 마음부터 먹는 일이다. 시인은 신앙이라는 이름으로 이 세계의 면모를 바로 보고자 했으나 되레 눈이 멀어버린 점을 성찰하면서 다시금 자신의 인간관을 점검해 나간다.

1. 언제나 유효한 이 질문

수다한 질문을 품고 있는 이 시집에는 도처에 의문문이 놓여 있다. 특히 시인의 인간 탐구는 그가 절대자의 형상대로 빚어진 주체라는 자각에서 비롯한다. 인간 중심 사유를 벗어나 공평하게 만유를 사유하자는 제안이 설득력을 얻고 있는 현시대에도 그의 인식은 인간을 떠나지 않는다. 이 세계와 타자에게거는 기대는 시인이 살아 있는 한 결코 퇴색하지 않을 것이다. 이것은 아마도 시인에게 매우 본질적인 문제여서 비켜 갈 수 없는 것일 터다. 신앙의 범주에서 시인이 믿어 의심치 않는 대상은 어떤 경우에도 인간이어야 한다. 그러함에도 인간을 성찰하는 시인에게서 바로 그 인간에 대한 막막한 심정을 읽게 된다.

> 백발이 다 되고 나서야 알았어요, 내가 인간이라는 사실을.
> 설마 했는데…… 많이 슬펐어요, 그러나
> 더 이상 무슨 말을 하겠어요
>
> ―「유구무언」 전문

> 담쟁이는 더듬더듬 콘크리트 벽을 기어오르고
> 새들은 먹새를 바꿔 산뜻하게 숲을 넘고
> 해바라기는 몸피를 줄여서 담장 너머를 보고
> 구름은 꿈을 부풀려 산마루를 가뿐히 넘어서는데
>
> …(중략)…
>
> 철학자의 외로운 사색도
> 화가의 끊이지 않는 붓질도
> 무용수의 불같은 몸짓도
> 사제와 수도자의 간절한 기도도
> 시인의 절절한 외침도
> 그 벽에 틈을 낼 수가 없다네
>
> ―「보이지 않는 벽」 부분

앞의 시는 시인의 생물학 나이를 추정케 하면서 그만큼의 연한을 지나오는 동안 얼룩진 슬픔이 있노라고 말한다. 뒤의 시는 세상의 모든 벽을 대표하는 것이 '인간'이라는 벽이며, "그 벽에 틈을 낼 수가 없"다는 절절한 호소가 담겨 있다. 이 세계의 존속이 가능한 것도, 이전과 달라진 세계를 조성하는 것도 인간이 있기에 가능하며, 이 모든 것이 불가능해진다면 이 또한 인간이 그 책임을 떠맡아야 할 것임을 시사한다. 신이 자신의 형상으로 인간을 빚어 만물의 영장으로 등극시킨 이후 매화의 향기, 노랑나비, 고추잠자리, 소쩍새의 울음 같은 비인간 주체의 고유성은 물론이고, 첫사랑이 지닌 "그 깊고 곱던 눈길"과 "별을 응시하던 그 형형한 눈빛"(「사라진 것들의 의미」)이 사라져버린 사태를 안타까이 되새기면서 시인은 비인간 주체들이 사라지는 일이 곧장 인간의 고유성을 잃는 사태로 치닫는다는 점을 환기한다. 이렇게 순환적인 세계관을 바탕으로 사유를 이어가면서 인간을 만물의 중심이나 절대적 우위를 지닌 존재자로 지정하지 않는다. 어느 개인의 삶을 구체적으로 이야기하면서 모종의 인간 형상을 그려나갈 때 우리는 동일화 측면으로든 비동일화 측면으로든 자신의 현재 모습을 직시하게 된다.

시인이 쓴 대로라면 '사라지는 일'은 죽음보다 무서운 사건이다. 이전의 삶이 더 아름다웠다고 말할 수 있는 건 여기에 아직 사라지지 않은 아름다움이 있어서다. 「원초적 부끄러움」을 보면 어머니와 자녀 간 사랑을 내리사랑으로 보는 전통적인 관념을 부수면서 참사랑이 실종된 세태를 짚어낸다. 어머니로부터 자녀에게로 흐르는 사랑이 역류할 수는 없는 것인지를 묻는 것 같으면서도 정작 그 의도는 가변적인 상황의 논리에 따라 도덕과 윤리·신앙마저 쉽게 폐기하는 세태를 비판적으로 바라보는 데에 있다. 하여 "그저 부끄러워하거라, 네가 인간인 것을"('원초적 부끄러움」)이라고 일침을 놓는 목소리는 시인의 육성을 넘어 절대자의 음성을 콜라주한다. 인간의 사랑은 내리사랑이어서 치사랑은 정녕 불가능한지를 묻는 듯하면서도 시인의 인식은 정작 "동물의 세계"에도 미치지 못하는 인간의 비윤리와 접속해 있다. 방송 프로그램에서 송출되는 "─하루 종일 먹이를 물어 나르는 어미 새/─제 목숨을 걸고 새끼를 지키는 고양이/─죽은 제 새끼의 곁을 떠나지 못하는 코끼리"에 견주어 "갓 태어난 제 아이를 내다 버렸다는 생모"에 관한 뉴스를 비판적으로 소환하면서 인간의 모성이 동물의 모성에 비견되는 사태를 정녕 부끄러운 심정으로 성찰한다.

이런 점은 「순정(純情)의 방패」에서도 하나의 사건을 변주하는 시 형식으로 나타난다. "새끼를 품은 어미의 가슴"이 새끼에게는 엄연한 "방패"라고 쓰면서 어미의 자식 사랑을 눈멂의 기표인 "맹목"으로 전하고 있다. 이런 점은 자칫 여성의 본성을 모성으로 통합하여 어머니에게 출산과 양육의 책임을 전가하는 듯한 발상이므로 젊은 층의 반감을 유발할 소지가 있다. 그런데도 시인이 모성의 맹목을 말하는 이유는 "어미 아닌 자 그 누구도" "그 뜨거움" "그 절실함"을 알 턱이 없다는 인식에 기반한다. 어미 된 자의 이러한 발언과 어미 되지 않음의 주체 간에 발생하는 이해 또는 몰이해의 지점을 파고드는 극단에서 시인의 의도가 선명히 다가온다. 어미 되지 않음의 이유를 말하는 사람들만큼이나 어미 됨의 이유를 말하는 주체의 마음은 뜨겁고 절실하기만 하다. 이는 그 어떤 이유로도 설명할 수 없는 어미의 순연한 마음을 반영한다. 자연계의 여타 동물들이 일찍이 어미를 떠나는 습성과 달리 사람의 자식은 오랜 기간 양육을 필요로 하는 성장 구간을 거쳐야 한다.

전해윤 시인이 볼 때 인류를 자연의 소산으로 보는 환원론은 인간의 지위를 강등시키려는 의도가 아니다. 자연 속 생명체의 위계 관계를 넘어 생명을 지닌 존재의 관계성을 말하려는 시도 안에 시인의 모성론이 놓여 있다. 다음 시는 이 시집의 존재 이유를 함축적으로 담아낸다. 자녀보다 먼저 온 자로서 어머니가 희생의 아이콘으로서 저 광활한 생존의 각축장에 오도카니 서 있는 지극히 고전적인 형상을 순간적으로 떠올리게 된다.

세렝게티의 초원 한가운데
새끼 잃은 어미 하마의 시선이 지평선 너머에 머문다
그의 한숨은 분명 제 생보다도 길 것이다

생사가 출렁이는 세렝게티에서
사자의 이빨은 축복
기린의 목은 은총
가젤의 다리는 경이
약자의 비굴도 용기, 위태로운 삶을 지탱해주는

살아 있는 것들 위로 솔개처럼 죽음이 덮치고
붉은 주검들 주위에는 뭇 생명들이 넘실대는 세렝게티, 날

마다

　삶과 죽음이 화려하게 변주(變奏)된다

　이글거리는 태양은 글썽이는 눈망울
　저녁노을은 오늘에 대한 뜨거운 위로
　처연한 달빛은 내일을 향한 연민, 모든 생을 위로하는

　세렝게티에서 죽음은 차라리 자비,
　뭇 생명들을 살리는
　또 다른 삶으로 이어지는

　　　　　　　　　　　　　—「세렝게티의 자비」 전문

　삶은 죽음을 통해서만 엿볼 수 있으므로 우리는 삶의 유한
성을 망각하거나 부인하고 싶어 한다. 영원한 삶의 불가능성
을 부인하는 일, 그리고 죽음의 부정 또는 망각은 동시에 일어
난다. 이 시는 "세렝게티"라는 생존의 각축장에서 새끼를 잃
은 어미의 심정을 비유적으로 써나간다. 탄생과 죽음의 순서
가 일치하지 않는 자연계의 법칙에 순응하는 것으로 보이지만
여기에 이르기까지 화자가 겪었을 마음의 고통을 짐작하기 어
렵지 않다. 어린것이 죽음으로써 "뭇 생명들을 살리는" 순환의
원리를 자비심으로 내면화하여 온 우주가 참여하는 애도 행위
를 "위로"로 바꾸어낸다. 생명체의 죽음을 눈앞의 사건으로 축
소하여 우울에 잠겨 있지 않고 우주적 사건으로 바라봄으로써
그 죽음을 우주적 생명의 순환 과정으로 승화한다.
　자신의 죽음을 경험할 수 없으므로 타인의 죽음으로써만 가

능한 삶의 실감은 이렇듯 뼈를 녹이는 듯한 고통과 슬픔 뒤에 얻은 것이다. 죽음을 통하여 삶을 사유하는 일. 그 삶이 온전히 자신의 것은 아님을 아는 일. 하나의 죽음이 여러 생명체에 관여하는 우주 법칙을 알게 된다면 어린 것의 죽음이 결코 사소한 일일 수가 없다. 시인의 이 같은 생명관은 「기피 인물」에서도 적절히 구현된다. 도시인의 거주 공간에서 청설모 · 고양이를 맞닥뜨리자 이 자연의 소산이 자신을 "기피 인물"로 대한다는 재미있는 발상은 인간 중심으로 자연을 보는 관점에 변화가 일어야 한다는 일침이다. 더구나 "그들처럼 네 발로 기어볼까"라는 물음이 동물-인간 되기를 반영한다는 점에서 이 시는 역지사지의 생태관을 집약한 것으로 볼 수 있다.

2. 시는 영원하다는 가설

이 시집에서 '말씀' '운명' '신' '시인' 같은 기표들은 시인이면서 신앙인인 전해윤의 시적 지향을 반영하는 듯하다. 그것이 맹목이나 도취의 파토스로 나타나지 않고 풍자적이라는 데에 그의 시가 지닌 윤리가 있다. 시인은 인간과 신을 매개하는 자리에 있으며, 인간-시인-신의 삼자 관계에서 그 어느 쪽에도 절대적 우위를 두지 않는다. 우리의 관념 속에서 지배적 위치에 있는 신의 이름을 부르면서 시인은 세속화한 절대성을 비판하는 것에 그치지 않고 자아를 절대화하는 인간의 면모까지도 비판적으로 짚어낸다.

삶은 유한하다는 자각이 시인으로 하여금 시 속에 영원한 집을 짓게 한다. 그것은 언어로 된 집이며 시인의 상상이 가능하다면 무엇이든 거기서 살아갈 수 있다. 그 집에는 가훈 같은 질서의 언어도, 표어 같은 아포리즘도, 주인의 이름이 적힌 문패도 걸려 있지 않을수록 좋다. 그 집에 들어서면 방황마저 용납하는 아포리아가, 강고한 질서를 부수어 틈을 만들어주는 자유가, 소유권이 명시되지 않은 언어들이 살아간다. "온 세상에 바치는 헌사, 모든 생은 짜디짜다는"(『소금』) 시 구절을 앞에 놓고 지나온 삶을 성찰할 수 있는 것도 시인이 세운 언어의 집이 있기에 가능하다. 아래 시에서 시인은 신과 인간 사이에 사다리를 놓아주고 인간에게 내면화된 무신론이 어디서 기인하는지를 묻는다.

> 어느 아주머니가 침을 튀기며 말했다
> "이 세상에 하느님은 없어.
> 있다면 어떻게 사람을 괴롭히는 모기 같은 걸 만들 수가 있어?"
>
> 그날 밤늦은 시간 뒤척이는 내 머리맡에서
> 모깃소리 같은 게 들렸다
> "맞아, 이 세상에 하느님은 안 계실 거야.
> 만약 계신다면 어떻게 인간들이 무사할 수 있겠어?"
> ―「무신론」부분

한 도막의 농담처럼 웃음을 자아내는 이 시에서 우리가 건져 올릴 수 있는 의미는, 모기 존재론과 인간 존재론을 거쳐 무신론에 이르는 아이러니다. 그런 뒤 무신론마저 회의하게 만드는 발화에서 발견하는 모기 같은 인간, 인간 같은 신, 그리고 신 같은 모기의 존재론이다. 그럴 때 무엇이 우위이고 무엇은 하위인지를 판가름하는 기준은 사라진다. 이렇게 보면 인간 앞에서 무사할 수 없는 모기처럼, 시인은 신 앞에서 무사할 수 없는 인간의 면모를 우회적으로 말하는 듯하다. 이런 점은 또 다른 시 「말씀의 부활」에서 말씀의 쓸모를 사유하는 것으로 이어진다. 거대한 건축물인 성전을 "양어장"으로 비유하면서 그 안에서 성도들의 살을 찌운 말씀이라 할지라도 세상으로 나가면 정작 기력을 잃고 만다고 쓴다. 그런 와중에도 말씀의 능력을 시인이 끝까지 신뢰하는 이유는 "쪽방촌, 달동네, 난민촌 골목"으로 말씀이 전파될 때 가장 아름다운 말씀의 역사가 이뤄진다고 믿고 있어서다. 낮은 곳으로 찾아가는 말씀의 위력을 "생명의 말씀"이라 하는 것은 그런 이유다.

전해윤 시인에게 '신'은 관념의 존재이기보다 인간과 시인, 그리고 시 존재론을 펼칠 때 상호 사유의 근거가 되어주는 관계항이다. 이 말은 '신' 부재 상황에서는 인간도 시도 사유하기 어렵다는 뜻이다. 이런 점을 반영한 「원초적 우상숭배」에서 시인은 "신 중의 신"으로 "자신"을 지목하면서 패러독스를 날린다. 신상과 성전을 섬기는 물질주의가 팽배한 자본 사회의 개인은 그 무엇도 물질보다 우위에 두지 않으며, 자신 이외에는 아무도 믿지 않는다. 자신을 신으로 등극시켜놓고 자아도취에 빠진 1인 종교의 교주인 '자신'을 흔들어 깨우는 다음 시에서는 또 하나의 신이 지금 되어가는 중이다.

> 어느 날 갑자기 내가
> 어르신이 되었어요
>
> 기준도 모르고
> 이유도 까마득히 모른 채
>
> 은행 창구에서
> 병원 원무과에서
> 지하철 안에서 불쑥불쑥
>
> 산신도 아니고
> 서낭신도 아니고
> 조왕신도 아니고, 어르신
>
> 누구 하나 알아주는 이 없어도
> 살뜰히 섬겨주는 이 없어도
> 스스로 신이 되어가는 우리
> 더불어 살아가야 하는 신, 어르신
>
> —「어르신」 전문

  시인의 긍정적 인생관과 공동체적 삶을 지향하는 마음이 담긴 시다. 나이 듦에 대한 자각도 시인에게 비관이나 허무만을 몰아오지는 않는다. 자신도 어느새 "어르신"이라 불리는 나이에 도달했으므로 이후에도 스스로 신이 "되어가는" 인생길을 기꺼이 걸어가겠노라 다짐한다. 그는 나이 듦의 현상을 "더불어 살아가야 하는 신"이 되어가는 과정으로 보고 있어서 어르신이라는 호칭도 자기식으로 의미를 매길 수 있다. 하지만 이 모든 일들이 저절로 되지는 않는다. "시라도 쓰지 않으면"(「또 하나의 우상」) 안 되었을 상황은 그의 삶이 "수십 길 갱도" 같은 험로를 통과하는 일로 점철되어 있다는 방증이다. 그럴 때 "시를 만난 거"였고, 시와의 동행은 지금도 이어지고 있다. 시인은 여기에 안주하지 않고 자신을 돌아보면서 시 쓰는 사람으로서의 과업을 사유한다.

> 깊은 갱도에 촛불 하나 밝혀보려 하는 거지
> 이정표 하나 세워보려 하는 거지
>
> 없는 답을 찾으러 시와 길을 떠난 거지
> 잃어버린 내 그림자라도 찾아볼까 하고
> 이유도 모르는 이 슬픔 위로해볼까 하고
> 시와 서툰 춤을 추는 거지
>
> 시의 리듬에 맞추려 애쓰고 있지
> 나도 모르는 사이에 시를 섬기는 거지
>
> —「또 하나의 우상」 부분

시를 쓰는 일이 또 하나의 우상을 섬기는 일은 아니기를 시인은 바라고 있다. 그가 관념의 신을 숭배하지 않고 낮은 곳으로 임하는 신의 말씀을 기다리는 것처럼 시를 쓰면서 삶의 이치를 알아가기를 원한다. 시가 하나의 "이정표"일 수 있다면 기꺼이 그 길을 걷고자 한다. 그때에도 시인이 마음판에 새기는 내용은 "시를 섬기"지는 않으면서 시를 쓰는 삶을 이어가는 일이다. 시의 발아래 엎드려 시를 드높이는 삶이 아닌 "시의 리듬" 같은 자연스러운 율동을 누리는 삶이기를 그는 바란다.

3. 가벼움의 시대일수록 되살아나는 생각

살아 있는 한 우리는 각자의 조건이 된 삶의 형식들에 구속되어야 한다. 시대를 불문하고 자유 추구는 당대인이 가장 바라는 삶의 형식이었다. 다만 시대를 따라 그 형식이 달라질 뿐, 주어진 조건을 절대화하는 방식으로부터 해방을 꾀하는 투쟁의 역사는 종결된 적이 없다. 그런 이유 때문에라도 이전 시대를 지배했던 이념을 비교 우위에 두고 이것만을 이 시대의 삶보다 무겁다고는 할 수 없다. 실존적 개인에게는 반복되는 문제를 돌파할 수 없는 한계 자체를 나날이 살아내야 하는 일이 온전히 삶의 무게로 작용할 때가 더 많다.

전해윤 시인은 과거와 현재를 오가면서 자유와 민주, 인간의 존엄을 위해 투쟁했던 사건들을 불러낸다. 굵직한 역사적 사건들을 호출할 때 되살아나는 건 무거움의 시대를 지나오면서

다 하지 못한 말이다. 「가벼운 세상」부터 보면 정치의 장에서 펼쳐졌던 경쟁 구도가 선연히 보인다. 모든 사건이 가볍게 처리되고, 뿌리까지 뽑힐 듯 외풍이 거세어진 상황에서 의지처를 잃은 이 시대인의 삶에 대한 한탄이 이어진다. 온전치 않은 이 세계를 가벼움의 현상으로 진단하면서 희망을 가질 수 없는 시대를 향하여 고언도 던진다. "마지막 남은 염치마저 쓰러지는" 상황에서 그 무엇에도 희망을 둘 수 없는 시대를 읽은 것이다.

또 다른 시에서 "정의는 무너질수록 빛이 난다"(「위로가 필요해 −2022 대선이 끝나고」)며 반어를 구사하는 내면을 보면 정치인을 탓하기에 앞서 "우리들의 어리석음"부터 비판적으로 성찰하는 심정이 담겨 있다. 자신이 한 일을 알고 어리석음을 반성하는 자와 이에 무지한 자의 행동 방향은 판이하게 달라질 수밖에 없다. 무지자(無知者)와 지자(知者)의 차이를 알아야 할 필요를 일깨우는 이 시에서 우리는 우매한 정치의 시대를 견디며 살아가는 숱한 자화상들을 보게 된다. 그럼에도 불구하고 시인은 여전히 역사를 향한 기대와 믿음을 견지하고 싶어 한다. 뿌리까지 흔들려 버린 신뢰, "길고양이의 위로라도 받고 싶"을 만큼 참담한 심정이지만 정치인의 어리석음을 반면교사로 수용하는 건 여기에 이유가 있다. 이는 실패에서 얻은 가르침을 바탕으로 이후에 한층 성숙해갈 정치의 장(場)과 이 시대인의 삶의 장이 결코 분리되지 않는다는 인식에 기반한다.

어느 시인은
세월호에서 희생된 아이들을 두 눈으로 보면서도
'조금도 슬프지 않다' 했다
―몇 날 며칠 밤 통음을 했다 한다

광주 5 · 18 열사들의 묘역에서
'하나도 원통하지 않다' 했다
―돌아서서 땅을 치며 통곡했다 한다

이태원 참사의 소식을 듣고 나서
'누구를 원망할 수 있겠느냐' 했다
―가슴을 치며 속울음 울었다 했다

―「거짓과 진실」 부분

겉과 속이 달라 보이는 "어느 시인"의 발언에서 그 진의를 생각해보자는 시인의 제안이 가슴을 먹먹하게 한다. 몇 날에 걸친 통곡과 속울음은 정녕 그 시인의 발언과 다르다. 근대의 민주 시민이 그토록 갈망했던 표현의 자유를 고전처럼 다시 들먹거려야 하고, 원통한 일을 놓고 원통하지 않다고 말하는 이유, 그리고 위험이 삶의 조건이 된 시대를 자기 탓으로 돌려야 하는 이유도 생각게 한다. 하여 우리가 "이슬보다도 허망"(「허망한 꽃」)하게 스러지는 "권력"의 속성을 알 수 있다면 이 모든 말 못 함의 이유가 속울음으로 표명되는 이유도 알게 된다. 권력을 향하는 이 시의 아포리즘이 한 시대에 머물지 않는 것은 "이 민족도 아닌, 적군도 아닌/길 오가며 형님, 아우 하던 동족" 간

유혈 투쟁에서도 선연히 보인다. 자신이 살기 위하여 내 편이 아니면 적이라는 이분법이 지배하는 시대를 지나 "70여 년의 세월을 견디어왔"(「우리네 산하가 붉다, 살아온 세월이 붉다」)건만 적대적 갈등의 내면은 무의식처럼 여전히 뿌리가 깊다. 그밖에 몇 편의 기념시와 추모시에서 전쟁, 분단 현실, 세월호 사태를 묵상하면서 거짓 평화를 말하는 시대, 지킬 수 없는 약속이 될 것을 지레 염려하여 애초에 약속조차 하지 않는 시대를 짚어낸다.

4. 사라지는 것들에게 보내는 헌사

전해윤 시인은 화려한 수사나 장식의 언어를 물리고 의미 전달을 위한 시니피에(signifié, 記意)에 주력하면서 자신의 의도가 독자에게 잘 전달되기를 바란다. 그의 올곧은 시어들은 현실을 직시하라는 정언으로 우리에게 다가온다. 무거움의 시대를 지나오는 동안 우리가 꿈꾸었던 완전한 자유, 존엄한 개인, 평화로운 사회는 아직도 도래하지 않았음을 실감하면서 이 시집을 읽게 된다. 직독직해가 가능할 만큼 분명한 어조로 말하는 시들이 모든 일을 생각 없이 당연시하는 우리를 흔들어 깨운다. 거대사를 돌아볼 때면 결코 누락할 수 없는 사건들이 그의 시에서 다시금 되살아난다. 이것은 반복되는 역사의 속성이 과오로 얼룩져 있다는 시인의 인식에 기반한다.

시인의 세계관이 거대사를 중심으로 펼쳐진다 해서 그가 투

사나 혁명가의 면모만 지닌 것은 아니다. 고향을 떠나온 지 오래된 화자가 「콘크리트 그늘」에서 말하는 고향 이야기를 들어보자. 현시대는 잦은 이동과 도시화로 고향의 개념마저 무의미해졌으나 「콘크리트 그늘」에서 시인은 인간에게 원초적 고향의 의미가 무엇인지를 다시금 묻고 있다. "고향 마을 동구 나무", "늘 푸른 바다"라는 기표들과 "아스팔트길", "도회의 골목", "콘크리트의 그늘", "도회인"이라는 기표는 화합이 불가능한 것처럼 보인다. 그래서 시인은 도시에도 "벌새의 놀이터", "노랑나비의 쉼터", 그리고 고향을 떠나와 도시인으로 살아가는 "할머니의 벤치"가 놓이기를 고대한다.

문제의 핵심은 언제나 인간에게서 출발했고 이후에도 그럴 것이다. 이 해설의 서두에서 인간이라는 실존재부터 점검하려한 이유도 여기에 있다. 자본주의란 인간과 자본의 동맹 관계가 영원하리라는 이즘이며, 인간 삶의 양식을 바꾸는 최첨단 기술은 자본을 포식하면서 새로운 문명을 일으킨다. "인간의 숨길이 닿는 곳마다 뭇 생명들의 목숨이 날아"(「묵시록 3」)간다고 시인이 쓴 것도 과장의 언사만은 아니다. 지금 이 시대의 문명이 "플라스틱" 쓰레기 산업을 일으킬 만큼 플라스틱은 문명인에게 목재와도 같은 인공 자원으로서 위상을 지닌다.

인간의 면모를 사유하는 일은 현존재로서 자신의 그러함을 성찰하는 일이기도 하다. 전해윤 시인의 인간 성찰이 묵시록처럼 펼쳐지는 건 그에게 내성화한 신앙의 인자 때문으로 보인다. 신의 형상으로 빚은 인간의 면모가 사라진다는 건 그 인간의 복원 불가능성을 의미한다. 신을 향한 믿음에 기반하고 있기에 전해윤 시를 신앙시로 볼 수 있다. 동물종이 아닌 인간이기에 두 손 모아 기도할 수 있고, 인간이기에 타자는 물론이고 인간 외부의 존재자들과 평화롭게 공존하리라는 희망을 품을 수 있다. 인간이 지나가는 길에 다른 생명체는 살아갈 수 없다고 말하는 인간은 자연 정복자인 자신을 다시금 만유의 중심에 위치시킨다. 다른 생명체가 사라지면서 본연의 인간도 사라지는 이치는 우리가 비인간 주체들의 관점으로 돌아가야만 얻을 수 있는 현실 감각이다. 전해윤 시집이 각성제가 되어 주었기에 우리는 인간성을 잃어버리는 사태를 비인간 주체를 빌려 사유할 수 있다.

金孝柀 | 문학평론가

푸른사상 시선